怪談十二か月
夏
夜闇《やみ》にゆらめく陽炎《かげろう》

夏

9月

夏　7月

怪談《かいだん》　ほおずき

お寺の縁日《えんにち》でほおずきを買った。
鉢植《はちう》えは世話ができそうにないので、
赤い実が並《なら》んでついている枝《えだ》にした。
ほおずき市は、四万六千日といって、
一日で四万六千日お参《まい》りしたのと同じと言われている。
そのため、ほおずき市の会場もお寺も沢山《たくさん》の人で混雑《こんざつ》していた。
お盆《ぼん》が近いので、本堂には死者を供養《くよう》するための
大きな精霊棚《しょうりょうだな》が設《もう》けられている。
お参《まい》りを済《す》ませての帰り道。
ほおずきの枝《えだ》が入ったビニール袋《ぶくろ》を提《さ》げ、

四万六千日

人《ひと》ごみの中、すれ違《ちが》う人にぶつからないように
地下鉄の駅を目指して歩く。
すると、ふいに懐《なつ》かしい感覚がよみがえってきた。
わたしが六歳《さい》の時から家にいた犬の風太《ふうた》だ。
風太《ふうた》とわたしは、仲のいい兄妹《きょうだい》のように
いっしょに暮《く》らしてきた。
風太《ふうた》の散歩は、わたしの役目だった。
わたしが高校に進学した頃《ころ》には、
風太《ふうた》はだいぶ年を取って、
目も悪くなっていた。

老犬になった風太《ふうた》のペースに合わせて、
ゆっくりとリードを引き過ぎないように、
周囲の障害物《しょうがいぶつ》を避《さ》けながら
慎重《しんちょう》に歩いたのを思い出した。
風太《ふうた》がいなくなり、しばらくしてから、
わたしは進学のため家を出て、
一人暮《ひとりぐ》らしをはじめた。
その後、父母は小型犬を飼《か》っていて、
時々、画像《がぞう》つきのメールが届《とど》く。
かわいいとは思うのだが、

やはりわたしの心の中には、
今でも風太《ふうた》の面影《おもかげ》が懐《なつ》かしく浮《う》かぶ。
なんとなく沈《しず》んだ気持ちで、
歩みを進めていると、

ちゃっちゃっ

わたしの横から小さな足音が聞えた。
犬が石畳《いしだたみ》の道をけるような音だ。
しかし、周りには犬を連れた人はいなかった。
視線を戻《もど》すと、

くぃっ

手に持ったほおずきのビニール袋《ぶくろ》が、
前に引《ひ》っ張《ぱ》られたような気がした。
ビニール袋《ぶくろ》の持ち手を握《にぎ》り直《なお》して歩く。
地下鉄の駅に着くと、
ホームも人でいっぱいだった。
ほおずきの袋《ふくろ》を胸《むね》に抱《かか》える。
夏の外気のせいだろうか、
ほんのり温かさを感じる。
電車が駅に滑《すべ》り込《こ》んできた。
窓《まど》には、仔犬《こいぬ》の風太《ふうた》を抱《かか》えたわたしが

映《うつ》っている。

「ほおずきは、お精霊《しょうりょう》さまの迎《むか》え火」

遠い昔に聞いた言葉を思い出した。

涙《なみだ》で電車の窓《まど》がかすんでいた。

夏　7月

怪談《かいだん》

藪《やぶ》入《い》り

一月十六日と七月十六日を『藪入《やぶい》り』という。
江戸時代、商家の若《わか》い奉公人《ほうこうにん》や見習いの職人《しょくにん》は、
住《す》み込《こ》みで働くことがほとんどだった。
藪入《やぶい》りは、彼《かれ》ら、彼女《かのじょ》らに与《あた》えられた
一年にたった二回の貴重《きちょう》な休暇《きゅうか》だった。
「おみっちゃん、久《ひさ》しぶり」
「お栄《えい》ちゃん、元気だった?」
おみつとお栄《えい》は同じ長屋生まれの幼馴染《おさななじみ》だ。
今年十五歳《さい》になったばかり、
二人とも、違《ちが》うお店《たな》で奉公《ほうこう》をしている。

当時の奉公《ほうこう》は行儀《ぎょうぎ》見習いとして、
家事全般《ぜんぱん》の知識《ちしき》を身につける意味もあった。
現代よりも結婚年齢《けっこんねんれい》が低かったため、
十六、七歳《さい》で嫁《とつ》ぐ娘《むすめ》が多かった。
ともあれ、二人は現代の思春期の女の子と同じ
「箸《はし》が転《ころ》んでもおかしい」明るい町娘《まちむすめ》だった。
おみつとお栄《えい》は、家に土産《みやげ》を置くと、
連れだって近所の閻魔堂《えんまどう》に出かけた。
七月十六日は、境内《けいだい》に縁日《えんにち》が立つ。
縁日《えんにち》は、普段《ふだん》とは違《ちが》った賑《にぎ》わいで、

二人には楽しいものだった。

参道の奥《おく》、閻魔堂《えんまどう》の近くに占《うらな》いが出ていた。

「ねえ、占《うらな》ってもらおうよ」

そう言うとお栄《えい》は、さっさと占《うらな》い師《し》の前にある粗末《そまつ》な床几《しょうぎ》に座《すわ》った。

「おじさん占《うらな》って。あたしいい所にお嫁《よめ》に行けるかしら。

奉公《ほうこう》なんて、もううんざり。早くお嫁《よめ》に行きたいの」

「ほう、では占《うらな》ってあげよう」

占《うらな》い師《し》から三尺《さんじゃく》ほど離《はな》れた所に、
小さい子どもがしゃがんでいた。

退屈《たいくつ》そうに、地面に小枝《こえだ》で何かを書いている。

八卦見

難《むずか》しい文字のようにも見えた。
占《うらな》い師《し》の子どもだろうか。
おみつは小さい弟《おとうと》がいるので、子ども好きだった。
おみつはその子に話しかけてみた。
「坊《ぼう》や、一人で遊んで偉《えら》いわね。
何を書いてるの？」
「占《うらな》いをしている。
あの人は先のことを知りたいんだろ」
子どもにしては、落ち着いた声。
おみつは少し違《い》和《わ》感《かん》を覚《おぼ》えたが、話を続けた。

「お父さんのお仕事を真似《まね》してるのね」

子どもは大きく首を横に振《ふ》った。

「いいや、あいつは親父《おやじ》じゃない。

俺《おれ》が占《うらな》ったことを、人に告《つ》げるだけの、木偶《でく》人形さ。

俺《おれ》も今日は藪入《やぶい》りでヒマだから、
人の行《ゆ》く末《すえ》を教えてやっている」

「あなたも藪入《やぶい》りなの？　子どもなのに、ご奉公《ほうこう》して偉《えら》いわね」

くくっ
子どもの喉《のど》からくぐもった笑いが漏《も》れた。

「お嬢《じょう》ちゃんは目がいい。だから教えてやろう。

閻魔《えんま》の手下ってわかるか？　俺《おれ》はその一人さ」
おみつは暗い閻魔堂《えんまどう》の内部を思い浮《う》かべた。
かっと目を見開き、
大きく口を開いた閻魔《えんま》大王の脇《わき》に控《ひか》える複数《ふくすう》の像《ぞう》。
閻魔《えんま》は死者の罪《つみ》を裁《さば》く。
主《おも》な従者《じゅうしゃ》には判決《はんけつ》を言い渡《わた》す司命《しめい》、
判決内容《はんけつないよう》を記録する司録《しろく》というのがいる。
「そんなお偉《えら》い方々じゃない。
牛頭馬頭《ごずめず》のような獄卒《ごくそつ》よりは少し上ってところだ」
おみつの心を読むように、子どもが答えた。

王

おみつは得体《えたい》の知れない薄気味《うすきみ》悪さを感じた。

子どもは青く澄《す》んだ目でおみつをじっと見つめながら言った。

「あの子は玉《たま》の輿《こし》に乗る。

いい占《うらな》いだろ」

そうつぶやくと、無言であっちに行けという風に手を振《ふ》った。

「おみっちゃん。お待たせ。何してたの」

気づくとお栄《えい》が満面の笑顔で隣《となり》にいた。

「この子と・・・あら?」

子どもがしゃがみこんでいた場所には
誰《だれ》もおらず、地面に書かれていた文字も、

箒《ほうき》でならしたように消えていた。

「お栄《えい》ちゃんが占《うらな》ってもらっている間、ここにいた子どもと話していたんだけど・・・。

占《うらな》いのおじさんの脇《わき》にいたじゃない」

「変なおみっちゃん。

最初から誰《だれ》もいなかったじゃないの。

それよりね。聞いて聞いて。

わたし、今月中にいい縁談《えんだん》が来るそうよ。

玉《たま》の輿《こし》に乗れるって言われちゃった」

お栄《えい》が楽しそうに話し続けている。

「さあ、前祝いに甘《あま》いもの食べに行こうよ」

お栄《えい》に促《うなが》されて、おみつは歩き出した。

ふうっと生暖《なまあたた》かい風が耳もとを通り過ぎた。

その風に乗ってあざけるようなあの子どものつぶやきが聞えた。

「三年後、流行病《はやりやまい》で死ぬけどな」

夏　7月

怪談《かいだん》

祭りの夜

祭りのお囃子《はやし》が聞えている。
わたしが住んでいる都会の祭り囃子《ばやし》と違《ちが》って、
なんとなくゆったりしたリズムだ。
わたしは夏休みを利用して、
一人で祖母《そぼ》の家に向かっていた。
高速バスに乗ったのもはじめてだった。
バスは夜通し走り続け、
祖母《そぼ》の住む町には早朝に着いた。
「遠くに眉《まゆ》の形をした山が見えるよ」
町の中心には都会とあまり変らないビルが

立ち並《なら》んでいる。
遠くに母の言っていた通りの山が見える。
なんとなく柔《やわ》らかい空気を感じた。
「今日はお祭りやけん。日が暮《く》れたら
縁日《えんにち》に行ってみたらええ」
祖母《そぼ》の言葉は方言まじりで、
とてもやさしく聞えた。
夏祭りがあるからと、
母が荷物の中に浴衣《ゆかた》を入れてくれていた。
浴衣《ゆかた》を見ると、祖母《そぼ》は顔をしわくちゃにして喜んだ。

「おばあちゃんがきれいに浴衣《ゆかた》を着したる」
祖母《そぼ》は足が悪いので、お祭りには行かないと言う。
神社はそれほど離《はな》れていないらしい。
けれど、一人で行くのは少し不安だ。
そんな気持ちを察したかのように、
「遠縁《とおえん》の亮《りょう》ちゃんが案内してくれるけん、
安心して行きなさい」
遠縁《とおえん》の亮《りょう》ちゃんとは、
かなり昔、わたしが小学校一年の頃《ころ》に、
一度会ったことがあるのだそうだ。

わたしの記憶《きおく》にはないし、
顔もよく覚《おぼ》えていない。
祖母《そぼ》の話では、わたしより二歳《さい》年上。
だったら今は高校三年のはずだ。
よく知らない親戚《しんせき》の女の子といっしょに、
お祭りに行くなんて、イヤじゃないのかな？
祖母《そぼ》は気にする様子もない。
祖母《そぼ》は楽しそうに浴衣《ゆかた》の皺《しわ》を伸《の》ばしながら、
「こんな風に用意をするのは、えっとぶり。
あなたのおかあさん以来じゃろうか」

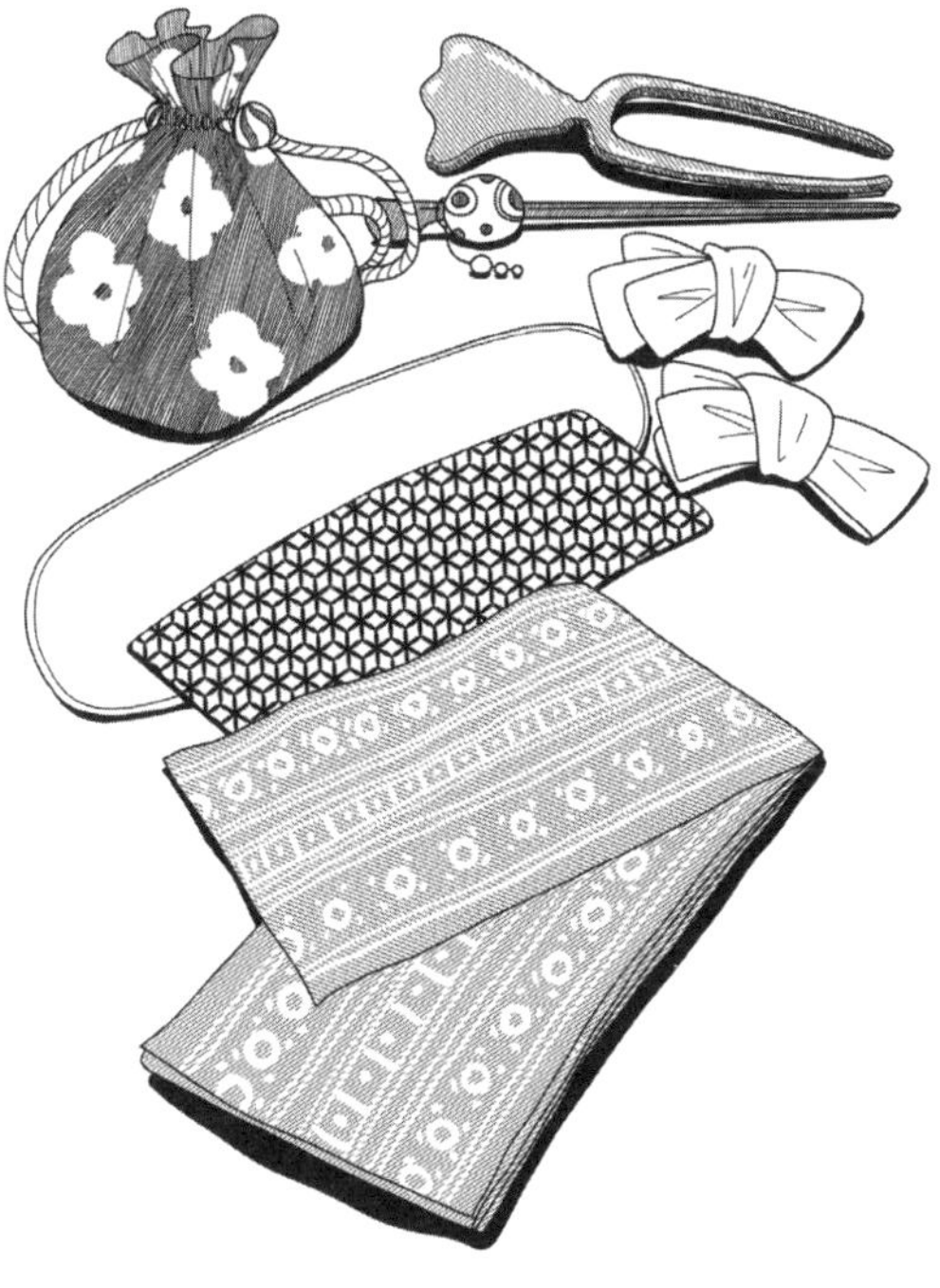

「えっとぶり?」

「ああ、久《ひさ》しぶりという意味よ。

方言はわからんね。ごめんね」

日が傾《かたむ》き、宵闇《よいやみ》が迫《せま》っていた。

わたしは祖母《そぼ》に浴衣《ゆかた》を着せてもらい、
出かける準備《じゅんび》は整った。

「うすう紅《べに》だけつけよう」

仕上げに祖母《そぼ》はわたしのくちびるに
チョンと紅《べに》をさした。

玄関《げんかん》まで見送りに出た祖母《そぼ》が、

亮《りょう》ちゃんは、神社の鳥居《とりい》の前で待っていると告《つ》げた。

「わたしのことわかるかな?」

「大丈夫《だいじょうぶ》、大丈夫《だいじょうぶ》。

あんたはおかあさんにそっくりだし」

かなかなかな

ひぐらしの声と祭《まつ》り囃子《ばやし》に誘《さそ》われるように、

わたしは神社に向かった。

神社への道は、お祭りに行く人たちで

賑《にぎ》わっている。

少し歩くと石の鳥居《とりい》が見えてきた。

想像《そうぞう》していたよりも立派《りっぱ》な鳥居《とりい》で、その前で待ち合わせしている人も大勢《おおぜい》いた。

祖母《そぼ》はわかると言ってたけど、ほんとうに大丈夫《だいじょうぶ》だろうか。

鳥居《とりい》の下で辺《あた》りを見回す。

「こっちだよ」

声のする方に振《ふ》り向《む》くと、浴衣《ゆかた》を着た、わたしと同じくらいの年齢《ねんれい》の男子が近づいてきた。

「さくらちゃんでしょう。久《ひさ》しぶり。

もろこし

亮《りょう》だよ。遠い親戚《しんせき》の」
わたしは、男子の顔をじっと見た。
わたしの名前を知っているから、
きっと間違《まちが》いないけれど、
すぐにわたしを見つけたのが不思議だ。
「おかあさんにそっくりだから、
すぐわかった。
ボクの顔は忘《わす》れてるよね」
彼《かれ》はわたしに古い一枚《まい》の写真を見せた。
祖母《そぼ》の家の庭で並《なら》んで写《うつ》っている

女の子と男の子。
古ぼけた写真だが、彼《かれ》の顔には、
幼《おさな》い頃《ころ》の面影《おもかげ》がある。
たわいもない話や神社のことなどを話しながら、縁日《えんにち》を見て回る。
参道の出店はだいたいどこも似《に》ているが、
鮎《あゆ》の塩焼きのお店は見たことがなかったので、少し驚《おどろ》いた。
「食べてみる？　美味《おい》しいよ」
亮《りょう》くんが言う。
美味《おい》しそうだけど
浴衣《ゆかた》を汚《よご》しそうで気が引けた。

「また今度にする。浴衣《ゆかた》を汚《よご》しちゃいそうだし」

亮《りょう》くんが楽しそうにケラケラ笑った。

「亮《りょう》くんは食べたかったら、食べてもいいよ」

「いや、今日はやめとくよ。また今度ね」

こんな会話もできるくらいに打《う》ち解《と》けたが、
気がつくと、二時間以上経《た》っていた。

そろそろ祖母《そぼ》の家に帰らなければ。

別れ際《ぎわ》、わたしは亮《りょう》くんに、
出店《でみせ》で気になっていたことを話した。

お面屋さんに狐《きつね》のお面がひとつもない。
そして、代わりに愛嬌《あいきょう》のある
耳の丸いアライグマのようなお面がずらりと並《なら》んでいたことだ。
「アライグマのお面ばかりで、
狐《きつね》のお面がないんだね」
「アライグマ？　あれは狸《たぬき》だよ」
亮《りょう》くんがまじめに憤慨《ふんがい》して言った。
今度はわたしが笑う番だ。
「狸《たぬき》？　あれみんな狸《たぬき》なんだ。
なんで狸《たぬき》ばっかり？」

「あのなあ、四国に狐《きつね》はいないの。
ここは狸《たぬき》の国なんだよ。
弘法大師《こうぼうだいし》って知ってる？」
もちろん知っている。
弘法大師《こうぼうだいし》は空海《くうかい》のことだ。
歴史の教科書にも登場する偉《えら》いお坊《ぼう》さん。
亮《りょう》くんの話では、
弘法大師《こうぼうだいし》はずる賢《がしこ》い狐《きつね》が大嫌《きら》いで、四国から追放したそうだ。
その時、『鉄の橋』が架《か》かるまで戻《もど》ってくるなと言い渡《わた》したそうだ。
「狸《たぬき》はずる賢《がしこ》くないの？」

「狸《たぬき》は約束《やくそく》を守る、それに義理堅《ぎりがた》い」

亮《りょう》くんが胸《むね》を張《は》って断言《だんげん》した。

思わず吹《ふ》き出《だ》してしまう。

「でも鉄の橋。今はあるよね？」

高速バスで通ってきたのも、明石海峡《あかしかいきょう》に架《か》かる橋だ。

他にも本州と四国を結《むす》ぶ橋はある。

「だから今はそのせいで、
ちょっと困《こま》った問題もあってさ」

鳥居《とりい》の前で亮《りょう》くんがうなだれた。

「わたしそろそろ帰るけど、

いっしょにおばあちゃんちに行かない？」
「行かん。送らないでごめん。
代《か》わりにこれを持って行って」
いつの間に買ったのだろう。
明かりを灯《とも》した小さい提灯《ちょうちん》を渡《わた》された。
「かなり明るいよ」
鳥居《とりい》の前でわたしたちは別れた。
提灯《ちょうちん》のおかげで、祖母《そぼ》の家までの道は、
寂《さび》しくなかった。
家に着くと、祖母《そぼ》が玄関《げんかん》先で待っていた。

「おかえり、楽しかったかい」

「とっても楽しかった。

おばあちゃん、ずっと玄関《げんかん》で待ってたの？」

「いいや、もう戻《もど》る頃《ころ》だと思ってね」

祖母《そぼ》の目線の先には、
眉山《びざん》がぼんやり見えていた。

こんな遅《おそ》くに、まだ上る人がいるのだろうか。

小さい灯《ひ》が、山の中腹《ちゅうふく》辺《あた》りに見えた。

祖母《そぼ》がつぶやいた。

「亮《りょう》ちゃんも、もう家に着くね」

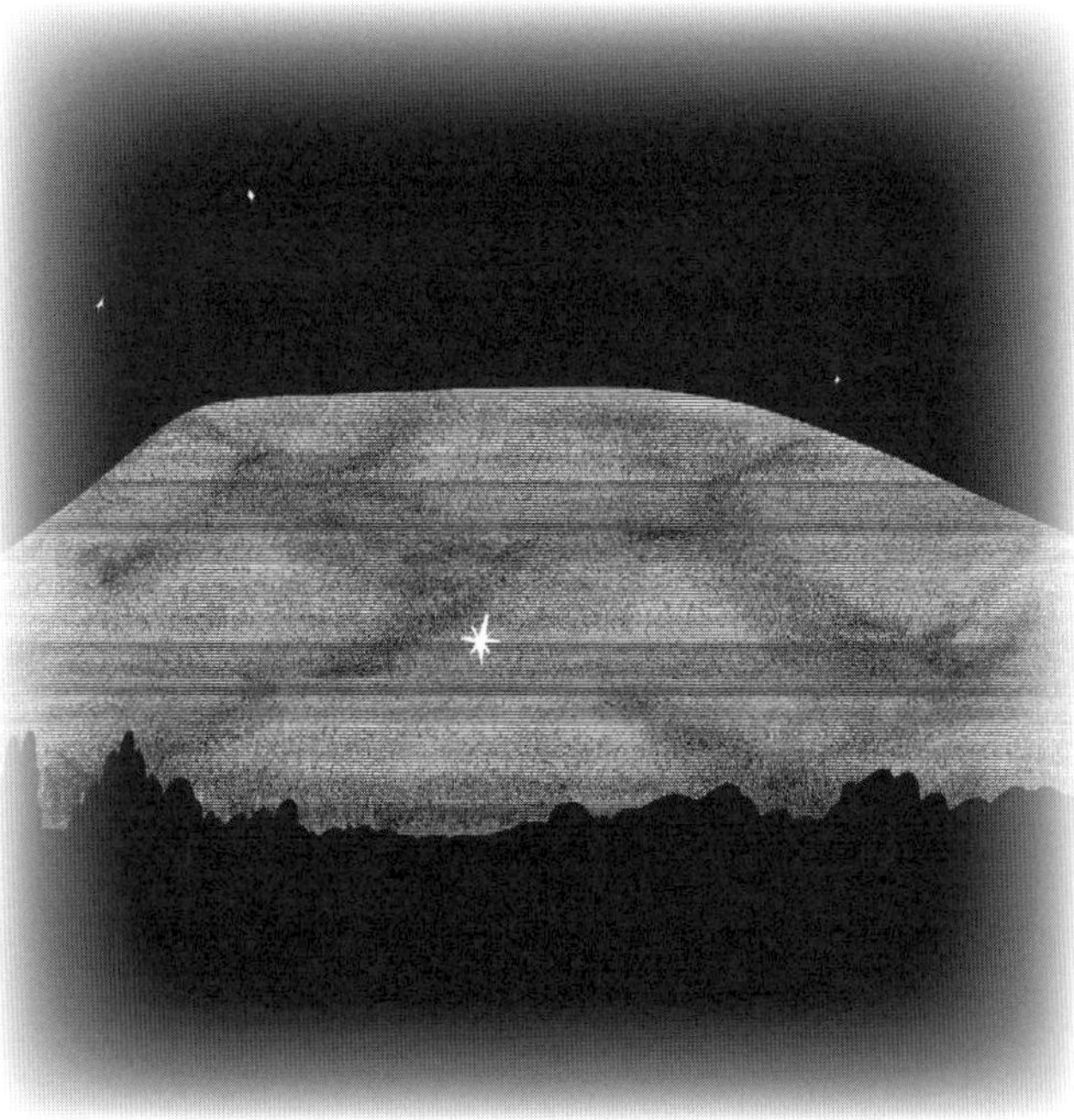

えっ？　あんな遠くが、あの子の家？

祖母《そぼ》はわたしの手から提灯《ちょうちん》を引き取る。

その瞬間《しゅんかん》、あんなに明るかった灯《ひ》がパッと消えた。

夏

8月

怪談《かいだん》

ひまわり

去年の夏のことだ。
夏休みに入って二週間ほどが経《た》っていた。
コンビニでのバイトが終わったのは、
もう終電も近い時間だった。
その日も猛暑日《もうしょび》で、夜は熱帯夜《ねったいや》。
夜になって突然《とつぜん》、にわか雨が降《ふ》ったが、
涼《すず》しくなるどころか、逆《ぎゃく》にムシムシしていた。
アパートまでの道を、レジ袋《ぶくろ》を提《さ》げ、
ぶらぶら歩いていた。
「今年はお盆《ぼん》に帰らないとな」

ふとそんなことが頭をよぎった。
ここ二年ほどバイトが忙《いそが》しいと
理由をつけて、お盆《ぼん》には帰省していなかった。
実家は特急電車で一時間ほどだ。いつでも帰れるので、
わざわざの帰省が面倒《めんどう》というのが正直な気持ちだった。
スマホの画面をチェックしながら歩いていると、
気になる一通のメールに視線がとまる。
ここ数年、メールのやり取りも忘《わす》れていた幼馴染《おさななじみ》からのものだった。
短い文章に加えて、実家の近くの高台にある公園に咲《さ》く
ひまわりの画像《がぞう》が添付《てんぷ》されていた。

なんとなく、気にかかったボクは、
近くの公園のベンチに腰《こし》をおろし、
メールと画像《がぞう》を見返してみた。
そして文章の違和感《いわかん》を探《さぐ》った。
「約束《やくそく》覚《おぼ》えてる・・・？
またひまわり見たかったね」
背丈《せたけ》を超《こ》えるほどの数十本のひまわりの間に彼女《かのじょ》は立っていた。
「約束《やくそく》」？
思い出せない。
返信で約束《やくそく》の内容を聞くのも感じ悪いので、

帰省したときに連絡《れんらく》して、忘《わす》れていたことを謝《あやま》ろうと思った。
それから数日後、二年ぶりに実家に帰宅《きたく》したボクは、
彼女《かのじょ》の闘病《とうびょう》生活を知らされた。
彼女《かのじょ》はもう一年近く意識《いしき》が戻《もど》らないのだという。
病室を訪《たず》ねるとベッドに横たわる彼女《かのじょ》がいた。
二年ぶりに彼女《かのじょ》の顔を見た。
ご両親に挨拶《あいさつ》をして、病室を出る。
子どものように笑う彼女《かのじょ》の顔が
浮《う》かんできた。
その足でひまわりが咲《さ》く公園まで歩いた。

画像《がぞう》が撮《と》られたのと同じ所で、
咲《さ》き誇《ほこ》るひまわりを見た。
彼女《かのじょ》が立っていた場所には、
一本だけ紫色《むらさきいろ》のひまわりが静かに揺《ゆ》れている。
約束《やくそく》はまだ思い出せない。

夏
8月

怪談《かいだん》

陽炎《かげろう》

八月、この時期は好きじゃない。
ボクは幼《おさな》い頃《ころ》から夏が苦手《にがて》だ。
長い時間、日に当たると頭がくらくらする。
そうなってしまうと、物の形がよくわからなくなる。
全てのものが、陽炎《かげろう》に包《つつ》まれたように揺《ゆ》らいで見えるのだ。
二重にぶれた景色の中に、人影《ひとかげ》がわらわらと歩くのを見るのは、楽しくない。
そいつに気づいたのは、ほんの数日前だ。
塀《へい》のすき間から、この辺《あた》りでは見ない黒猫《くろねこ》が庭に入ってきた。
首輪はないがきれいな毛並《けな》みなので、きっと飼《か》い猫《ねこ》だろう。
黒猫《くろねこ》は手水鉢《ちょうずばち》の水を飲むと、塀《へい》の傍《かたわ》らに横になった。

「撫《な》でられるかな」

近づくとすっと立ち上がり、ボクと距離《きょり》をとる。

撫《な》でるのは諦《あきら》めた。

そのまま、玄関《げんかん》の方に回ると、

家の前に見かけない女の子が立っていた。

小学五年生くらい、

おかっぱで白いブラウス、

紺色《こんいろ》のズボンをはいている。

声をかけようか、迷《まよ》ったが挨拶《あいさつ》した。

「おはよう」

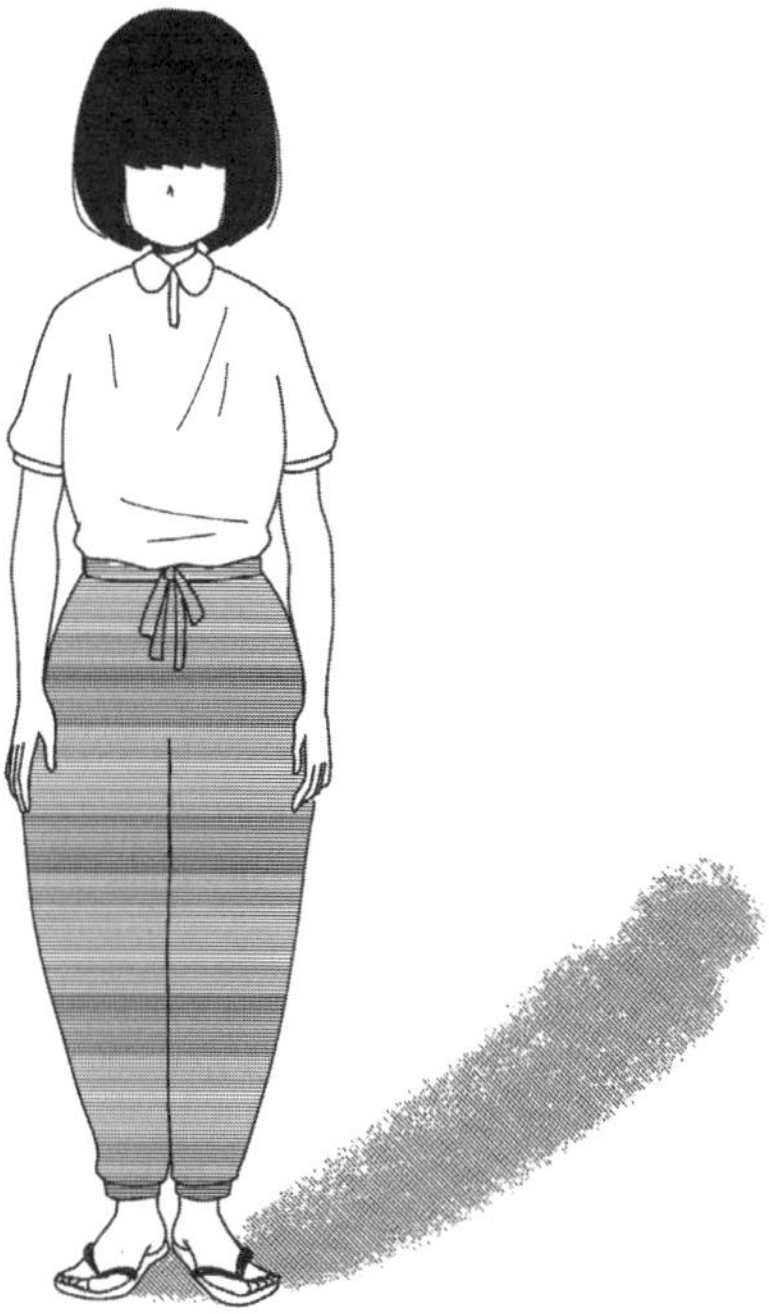

女の子はギュッと両手を握《にぎ》りしめた。
しまった。
突然《とつぜん》、知らない中学生から声をかけられたら怖《こわ》いよな。
女の子に背《せ》を向け、玄関《げんかん》に向かう。
「黒猫《くろねこ》見ませんでしたか」
女の子が言った。
「さっき庭に入ってきたけど、キミの猫《ねこ》？
まだいるかもしれないから、いま見てくるね」
「いいです。時間がないから、
今度見つけたら、捕《つか》まえてください。

また来ます」

そう言うと、女の子はボクの前から消えた。

次の朝。今日も黒猫《くろねこ》がやってきた。

手水鉢《ちょうずばち》の水を飲んで、塀《へい》の傍《かたわ》らに横たわる。

昨日《きのう》とまったく同じ動き。

猫《ねこ》のおやつを見せたが反応《はんのう》なし。

撫《な》でることはできないが、

近くにしゃがみこんでも逃《に》げなかった。

「お前、あの子が捜《さが》してるぞ」

黒猫《くろねこ》はボクをじっと見上げて、

喉《のど》をゴロゴロ鳴らした。
なぜか、黒猫《くろねこ》を捕《つか》まえたときに、
あの女の子も来るような気がした。
午後遅《おそ》くに、いとこがやってきた。
いとこはボランティア活動をしている。
「明日の戦没者慰霊祭《せんぼつしゃいれいさい》にキミも行くだろ。
て言うか、行くべきなんだよ。
目をそらしてはいけないんだ」
上から目線でそう言ういとこに
なぜかむかつく。

「体調悪いからやめとくよ」

いとこが続けて何か言おうとしたとき、

母がボクの援護射撃《えんごしゃげき》をしてくれた。

「この子が夏に具合悪いのは、

ほんまですから、無理に誘《さそ》わないで」

いとこは口をつぐんだ。

その日の朝。

早めに起きたボクは、黒猫《くろねこ》を待っていた。

ほどなくして、黒猫《くろねこ》がやってきた。

ボクは同時に庭に下りて、きれいな器《うつわ》に満《み》たした水を前に出す。

黒猫《くろねこ》はボクを見上げて、
器《うつわ》から美味《おい》しそうに水を飲んだ。
飲み終わるのを待って、
後《うし》ろからそっと黒猫《くろねこ》を抱《かか》えた。
しゃがれた声で黒猫《くろねこ》が一声鳴く。
少し焦《こ》げくさい匂《にお》いがした。
八時の時報《じほう》が聞えた、急げ。
急いで玄関《げんかん》に回ると、家の前に女の子がいた。
黒猫《くろねこ》を見てうれしそうに笑った。
「この猫《ねこ》でしょう」

ボクは女の子に黒猫《くろねこ》をソッと渡《わた》した。

女の子は黒猫《くろねこ》を愛《いとお》しそうに抱《かか》えた。

「ありがとう」

「キミもお水飲むなら、きれいなお水を

急いで持ってくるよ」

「ううん。大丈夫《だいじょうぶ》。ほんとうにありがとう」

どれくらい女の子と猫《ねこ》を見ていただろう。

サイレンが鳴り響《ひび》くと、

女の子と猫《ねこ》は黒い影《かげ》になって消えた。

ボクは胸《むね》が締《し》めつけられ、なぜか涙《なみだ》があふれてきた。

夏 8月

怪談《かいだん》

大川の花火

江戸は火事が多かった。
両国橋のたもとは、火事への備《そな》えのため、
「火除地《ひよけち》」として、広小路《ひろこうじ》（建物のない幅《はば》の広い街路《がいろ》）になっている。
旧暦《きゅうれき》五月二十八日（現代の七月上旬《じょうじゅん》ごろ）
「川開き」の花火から、江戸の夏がはじまる。
川開きから三か月間は、大川端《ばた》に夜店や屋台の出店が許《ゆる》されている。
花火は夏の間、大店《おおだな》の旦那衆《だんなしゅう》や大川沿《ぞ》いに下屋敷《しもやしき》がある大名が、
身銭《みぜに》を切り、競《きそ》い合うように上げていた。
当時の花火は「流星」といって、
尾《お》を引いて空に上がり、

だんご
だんご

花開くと消えるものが大半だが、
花火見物は庶民《しょみん》には大きな娯楽《ごらく》だった。
「今日は水戸《みと》様の花火だってさ。
みんなで見物に行かないか？」
手習所でいちばん年上の幸吉《こうきち》がみんなを誘《さそ》った。
幸吉《こうきち》の家は植木屋で、
代々水戸《みと》藩《はん》下屋敷《しもやしき》のお庭の手入れを請《う》け負《お》っている。
お屋敷《やしき》近くにある植木小屋からは、
人ごみに揉《も》まれずに、花火見物ができるそうだ。
大川の花火の人出は大変なもので、

とても子どもだけで出かけられる場所ではない。
幸吉《こうきち》の家の植木小屋なら、
若《わか》い衆《しゅう》もいるし、大人《おとな》も安心して送り出してくれるはずだ。
みんなは迷《まよ》わず、行くと返事をしたが、
おゆみは、口ごもって答えた。
「おとっつぁんに聞いてみないと」
おゆみの母は昨年、風邪《かぜ》をこじらせて亡《な》くなった。
母を亡《な》くしてからの父は、派手《はで》な行事を避《さ》けていた。
お祭りなどには、真っ先に家を飛び出していくほど、
賑《にぎ》やかなことが好きな人だったのだが、

あまりの変りように、長屋の人たちも心配しているくらいだ。
「聞いてみな。きっと許《ゆる》してくれるさ。
夕七つには、きっとおいでよ。花火は暮《く》れ六つから上がるからさ」
おゆみが家に帰ると、ちょうど父も仕事から
戻《もど》ってきた。
「おかえり。おとっつあん」
どう切りだそうか、考えていると父が言った。
「今日は水戸《みと》様の花火だな。
まだ今年は一度も花火見物に行ってないが、
お前は行きたいかい？」

「手習所の幸ちゃんが、誘《さそ》ってくれたんだ。みんなでいっしょに、幸ちゃんちの植木小屋から、見ないかって。わたしはおとっつあんに聞いてみてからって言ったんだけど」

父は何か考えていたが、押入《おしい》れを開け、柳行李《やなぎごうり》を取り出した。

中には母の着物や帯など思い出が詰《つ》まっている。見るとつらいからと言って、父がしまい込《こ》んだものだ。

母が亡《な》くなってからは一度も出したことはないのに。

おゆみが怪訝《けげん》に思っていると、

父は柳行李《やなぎごうり》から真新しい浴衣《ゆかた》を出した。

藍地《あいじ》の露芝《つゆしば》に秋草が添《そ》えられた柄《がら》だった。

大人《おとな》っぽい柄《がら》だが、おゆみが着られるように、
寸法《すんぽう》が整えてあった。

「ほら、これを着ていけばいい。
約束《やくそく》は何時だ？　あまり遅《おそ》くなるなよ」

いつの間に浴衣《ゆかた》を誂《あつら》えてくれたのだろう。
母が亡《な》くなってからは、
簡単《かんたん》な繕《つくろ》いものはおゆみもやっていたが、
浴衣《ゆかた》を縫《ぬ》うことまではできなかった。

おゆみは、うれしさで思わず、笑顔になった。

「ありがとう」

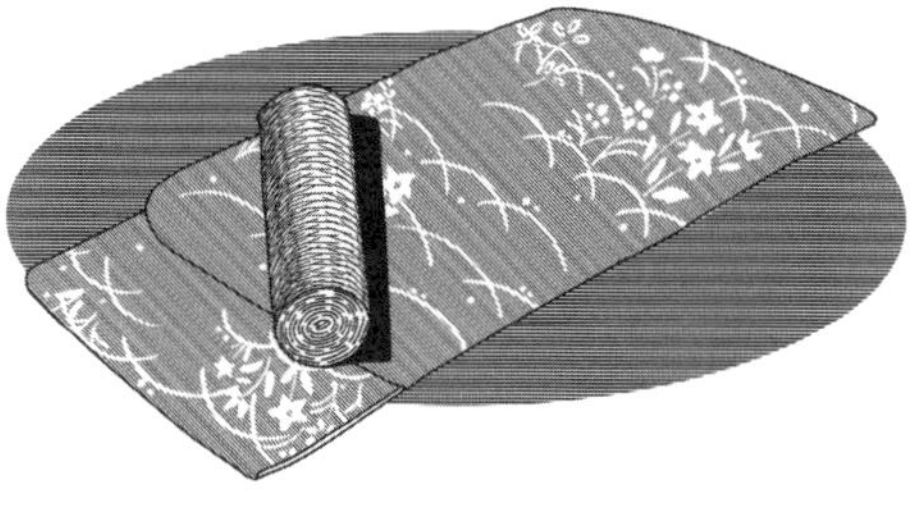

「ああ。大事に着ろよ」

父はそれだけ言うと、おゆみに背《せ》を向けた。

しゅるるる

長い尾《お》を引いて花火が空に上がった。

辺《あた》りがぱっと明るくなる。

どん

後《あと》から低い音が聞え、やがて闇《やみ》に包まれる。

暮《く》れ六つから上がった花火は、山場を迎《むか》えていた。

大勢《おおぜい》の人でごった返している大川端《ばた》からは、

「玉屋〜鍵《かぎ》屋〜」の掛《か》け声が聞えてくる。

水戸《みと》様のお屋敷《やしき》に近いここでは、
大声を上げることはできないが、
花火が上がるたびに小さな歓声《かんせい》が上がった。
おゆみは、幸吉《こうきち》たちから少し離《はな》れた場所で花火を眺《なが》めていた。
当時の花火は現代のものと違《ちが》い、さまざまな色はない。
火薬本来の暗めのオレンジ色が、
空を彩《いろど》っては消えていく。
おゆみは寂《さび》しさを感じていた。
「もう一度、家族そろって花火を見たかった」
そう思うと余計《よけい》に悲しくなり、涙《なみだ》が出そうになる。

しかし、楽しんでいるみんなの前で、めそめそするわけにはいかない。
おゆみは厠《かわや》に行く振《ふ》りをして、そっと塀《へい》の外に出た。
りりりり
こおろぎだろうか、気の早い虫の音が
辺《あた》りに聞えていた。
花火で賑《にぎ》わっている場所のすぐ近くとは思えない
不思議な静けさだった。
おゆみの心もしだいに落ち着いた。
「黙《だま》って帰るとみんなが心配する。
幸吉《こうきち》にお礼を言ってから帰ろう」

そう思って塀《へい》に手をかけたとき、

ぱあっと空一面に青白い光の花が咲《さ》いた。

「なんてきれいな花火だろ」

おゆみが空を見上げた瞬間《しゅんかん》。

ぽろぽろと、おゆみの浴衣《ゆかた》から、青白く小さい光の玉が

こぼれるように落ちると、浮《う》き上がって空に消えていく。

露芝模様《つゆしばもよう》の露《つゆ》がはかなく消えるようだ。

おゆみの目からも涙《なみだ》がこぼれたが、

彼女《かのじょ》の胸《むね》は清々《すがすが》しい思いで満《み》たされていた。

「そうか、おっかさんは、ここにいたんだ」

夏 8月

怪談《かいだん》

遠《えん》雷《らい》

眩《まぶ》しい夏空が、突然《とつぜん》かげり、
冷たい空気が流れる。
真っ白な入道雲の奥《おく》から黒い雲が湧《わ》く。
ゴロゴロ
雷《かみなり》の音が聞える。
青空があっという間に
灰色《はいいろ》が混《ま》ざった白い雲に塗《ぬ》り替《か》えられていく。
ポツリポツリとアスファルトの地面に
斑点《はんてん》が広がる。
歩いていた人も足早になって、

街の中が騒《さわ》がしくなる。
見る見るうちに辺《あた》りが暗くなって、
雨がカーテンのように
風景を覆《おお》い隠《かく》していく。
遠くで鳴っていた雷《かみなり》が勢《いきお》いを増《ま》して、
頭上に近づいて来る。
稲光《いなびかり》が一瞬《いっしゅん》、暗くなった街を照らし出す。
買い物をしていたわたしは、
激《はげ》しさを増す雨を窓越《まどご》しに眺《なが》めながら、
雨が過ぎ去るのを待っていた。

わたしのまわりにも、
同じように買い物袋《ぶくろ》を提《さ》げて外を見ている人が数人、
足止めをされている。
駅前のロータリーには、人も車もいない。
ぼんやり見ていたわたしは、
突然《とつぜん》の強烈《きょうれつ》な光に驚《おどろ》いた。
少し遅《おく》れてドーンゴロゴロゴロと
地響《じひび》きとともに雷《かみなり》が鳴った。
えっ
雷《かみなり》の鳴る数秒前、わたしの前、窓《まど》の向こうに小さな女の子の顔が光に浮《う》かび上がった。
それは一瞬《いっしゅん》の出来事で、
不思議に怖《こわ》さも感じないほどだった。
しかし次の瞬間《しゅんかん》、雨に煙《けむ》るロータリーに
その子は立っていた。
立っていたというより、浮《う》かんでいた。
わたしは信じられない光景に目を凝《こ》らす。
ロータリーに一台のバスが水しぶきを立てながら入ってきた。
女の子の前を通り過ぎると、
もうそこにその子の姿《すがた》はなかった。

何かの見《み》間《ま》違《ちが》え？

しばらくして雷《かみなり》の音は遠ざかり、

雨も上がり、嘘《うそ》のように雲は消え、

夕方の西日の中で喧騒《けんそう》が戻《もど》ってきた。

店内で待っていた人たちも

ほっとした表情《ひょうじょう》で店を出ていく。

わたしもそんな人たちの後《うし》ろから、

店を出ようとしたその時、

わたしの服の裾《そで》を

透《す》き通《とお》った小さな手がつかんでいるのが見えた。

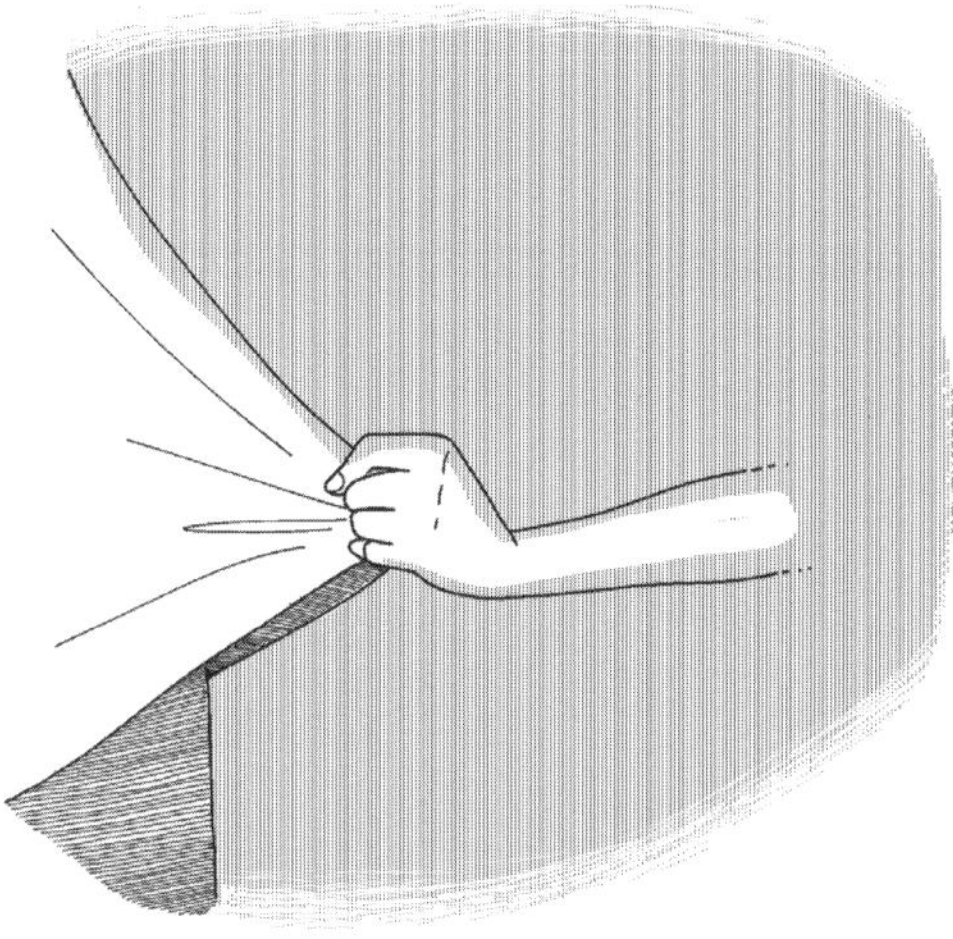

それはまるで、迷子《まいご》になった子どものように。
遠ざかる雷《かみなり》の音がかすかに聞えた。

夏　9月

怪談《かいだん》

彼岸花《ひがんばな》

山道で迷《まよ》った。

いつの間にか、ハイキングコースからそれていたらしい。

地図は頭に入れていたはずなのに、

先導《せんどう》していたわたしは焦《あせ》った。

里山を巡《めぐ》る道だからと、

軽く考えていたのがよくなかった。

山で迷《まよ》ったときは、下ってはいけないというのが

鉄則《てっそく》だ。

上に登っていき、尾根《おね》まで出れば、

正しい道が見つかるという。

「尾根《おね》ねえ、こんな里山にあるかしら」
ゆみちゃんは、山歩きでは先輩《せんぱい》だ。
迷《まよ》ったと告《つ》げたときもわたしを責《せ》めなかった。
「里山は山さえ抜《ぬ》ければ、意外な場所に出るから面白《おもしろ》いよ。
ここじゃないけど、
前に迷《まよ》ってモノレールの軌道《きどう》の真下に出たことがあったんだけど、
軌道《きどう》を少したどったら、急に町中に出てしまって、
わたしのアウトドア服が浮《う》いてて恥《は》ずかしかったんだ」
彼女《かのじょ》は、気楽な口調で、
焦《あせ》っているわたしの気分をほぐそうとしてくれた。

引き返すのがベストだったが、
初秋の日はまだ高い。
体力にも余裕《よゆう》がある。
道に迷《まよ》ったことをわたしたちは、
それほど心配していなかった。
やがて上る道は、ほとんど藪《やぶ》に覆《おお》われ、
獣道《けものみち》とも言えなくなった。
引き返そうかと考えていると、
彼女《かのじょ》が指さした。
「あれ石段《いしだん》じゃない？」

下りだが、確《たし》かに石段《いしだん》だ。

「どうする？　下りてみる？」

下りてみて、もし通れない場所だったら、

引き返してくればいい。

わたしたちはそう決めて、

斜面《しゃめん》を折り返しながら続く石段《いしだん》を

五十メートルくらい下った。

石段《いしだん》の終点は山間の窪地《くぼち》で、木々の間に

真っ赤な花が群生《ぐんせい》して咲《さ》いていた。

彼岸花《ひがんばな》だ。

「すごいきれいだね」

ゆみちゃんはそう言いながらも、

少し眉《まゆ》をひそめた。

「ここ、昔は人が住んでいた所かも」

そうつけ加えた。彼女《かのじょ》の説明によると、

彼岸花《ひがんばな》は人の手が加わった場所でしか育たないそうだ。

植物の中には、ほかにも何種類か、

そういう草木があるらしい。

林の間にわずかに残る踏《ふ》み跡《あと》のような道をたどる。

どこかへ繋《つな》がる道があるか、探《さが》さなくては。

道は彼岸花《ひがんばな》の群生《ぐんせい》をたどって、堂々巡《めぐ》りしていた。

どこにも先に進む道は見つからなかった。

「残念だけど、行き止まりだね。戻《もど》ろう」

彼女《かのじょ》が言った。

「こんな行き止まりの場所に人が住んでいたのかな」

「お墓《はか》だったのかもよ。知ってる？

彼岸花《ひがんばな》の別名は死人花《しびとばな》って」

「ヤメテ」

「ごめんごめん。戻《もど》ろうか」

わたしたちの会話が、
反響《はんきょう》して窪地《くぼち》に響《ひび》いた。
自分たちの声なのに、不気味に感じる。
誰《だれ》かが息を潜《ひそ》めて、こちらをじっと見ている。
そんな気がして、ゾッとした。
ゆみちゃんがお墓《はか》だったとか、言ったからだ。
急に冷たい空気が流れた。
日がかげってきたのかもしれない。
林の木々がザワザワと枝《えだ》を鳴らした。
「先に行って」

彼女《かのじょ》にそう促《うなが》されて、
わたしは下りてきた石段《いしだん》に向かう。
ふと見ると、彼女《かのじょ》は彼岸花《ひがんばな》を
摘《つ》みながら歩いている。
見る見るうちに、大きな花束《はなたば》ができた。
花束《はなたば》は真っ赤な火焔《かえん》のように見えた。
「持って帰るの？」
彼女《かのじょ》は無言で頷《うなず》いた。
いつもは山や森に生えている植物を大切にしているのに、
どうしたんだろう。

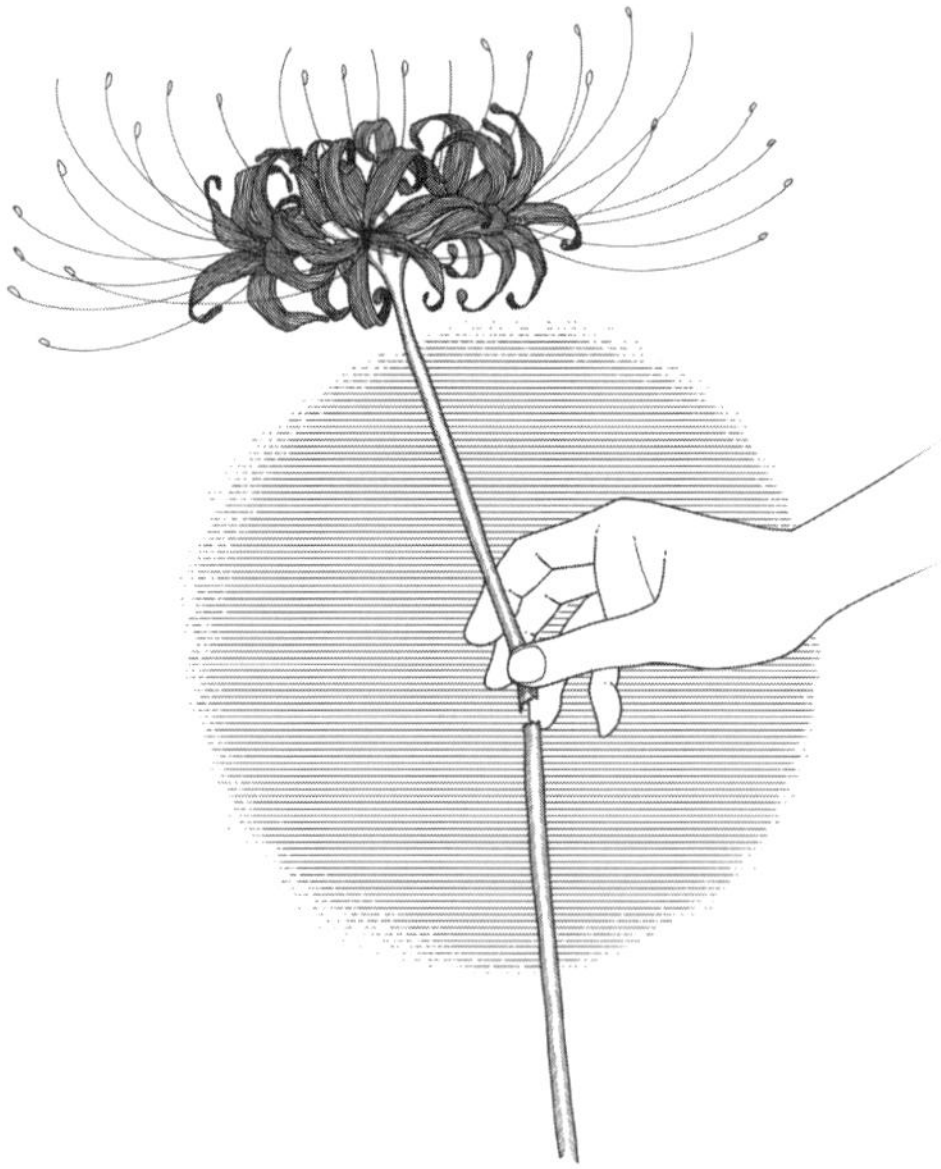

わたしが先になって石段《いしだん》を上る。

彼女《かのじょ》は後《うし》ろで何かつぶやいている。

「・・・七人、八人、九人・・・」

一本摘《つ》むごとにそんな風に数えているようだった。

「みんな連れて帰るよ」

背中《せなか》に冷《ひ》や汗《あせ》が伝う。

彼女《かのじょ》は抱《かか》えきれないほどの花を摘《つ》むと、無言になった。

その日、わたしたちは無事に家に帰ることができたが、
その後なぜか彼女《かのじょ》とは、
学校でも会うことがなく、

メールにも返信がこない。
まるで避《さ》けられているようだった。
一度、彼女《かのじょ》の家の前まで行ったことがある。
玄関《げんかん》先から庭全体を埋《う》め尽《つ》くすように
真っ赤な彼岸花《ひがんばな》が咲《さ》き乱《みだ》れていた。
彼女《かのじょ》とは、それきり会っていない。

夏 9月

怪談《かいだん》

すすき野

今は昔。
一条天皇《いちじょうてんのう》の御世《みよ》のことである。
夏の暑さが去るとともに、
天然痘《てんねんとう》の流行がやっと収《おさ》まりはじめていた。
都の人々は、身分の上下にかかわらず、
ほっと一息ついた。
初秋の空に雁《かり》が列をなして飛んでいく。
鴨川を渡《わた》った都のはずれ、
一面のすすき野原の中で、
典光《のりみつ》は、日が暮《く》れかかる西の空を眺《なが》めていた。

どこからか鐘《かね》の音が聞え、我《われ》に返った。
典光《のりみつ》は下級貴族《きぞく》だった。
とある大貴族《きぞく》の家に、家礼《かれい》として仕《つか》えている。
貴族《きぞく》社会には越《こ》えられない格差《かくさ》があった。
権力《けんりょく》からほど遠い家柄《いえがら》では、
除目《じもく》（朝廷《ちょうてい》から官職《かんしょく》を任命《にんめい》される儀式《ぎしき》）で、
官職《かんしょく》を得られなければ、日々の暮《く》らしにも事欠《か》く。
有力な後《うし》ろ盾《だて》を持たない典光《のりみつ》は官職《かんしょく》がないまま、
今の主人に仕《つか》えて十年にもなっていた。
すすきの穂《ほ》がキラキラ輝きながら、風になびいていた。

「明日は狩《か》りに参《まい》ろうと思う」

若殿《わかとの》の一声で、明日は狩《か》りの供《とも》をせねばならない。

若殿《わかとの》は何不自由なく育ったせいか、性格《せいかく》はよいが、辛抱《しんぼう》が足りない。

狩《か》りで獲物《えもの》がなければ、どんなわがままを言い出すか、わからない。

典光《のりみつ》は、春先の出来事を思い出していた。

「狩《か》りはつまらぬ。野駆《のが》けをしよう」

獲物《えもの》がなかなか捕《と》れずに飽《あ》きた若殿《わかとの》は、

急に馬を走らせた。予想外だった。

典光《のりみつ》は幸い騎馬《きば》だが、

徒歩でつき添《そ》う従者《じゅうしゃ》たちの苦労は計《はか》り知《し》れない。

よれよれの水干《すいかん》を汗《あせ》だくにしながら、
息も絶《た》え絶《だ》えに走って追いかける。
「若殿《わかとの》！ みなが追いつけません。
ここから先は、日が暮《く》れると野盗《やとう》が出ますぞ」
典光《のりみつ》は必死で若殿《わかとの》を止めた。
野盗《やとう》という言葉が効《き》いたのか、
若殿《わかとの》は不承《ふしょう》不承《ぶしょう》に馬を止めたが、
あんなことは二度とゴメンだ。
典光《のりみつ》は、明日の狩《か》りの仕込《しこ》みをしようと
すすき野原までやってきたのだった。

「この辺《あた》りに、身分賤《いや》しい者など住んでいれば・・・」

あらかじめ雉《きじ》なり、獣《けもの》なりを捕《つか》まえておき、

若殿《わかとの》が仕留《しと》めたように見せることができれば、苦労しなくてもいい。

あらためて辺《あた》りを見回し、耳を澄《す》ませた。

さくさく

遠くからすすきを刈《か》る音が聞えた。

「誰《だれ》かおらぬか。わたしは堀河《ほりかわ》の殿《との》に仕《つか》える者です」

典光《のりみつ》が呼《よ》びかける。

すすきの間から顔を出したのは、

一人の女人だった。長い髪《かみ》を一つに結《むす》び、縹色《はなだいろ》の水干《すいかん》を着ている。

水干《すいかん》は普通《ふつう》なら男が着るものである。
典光《のりみつ》は不思議に思った。
女は切れ長の目で典光《のりみつ》を見ている。
「この辺《あた》りにお住まいか？　ならば頼《たの》みがある」
典光《のりみつ》は用件《ようけん》を切り出そうとした。
「お頼《たの》みは聞けません。
この野に住む獣《けもの》は狩《か》ってはなりません」
身なりからしても、身分が低いと見える女は、
物怖《ものお》じせずに言い切った。
典光《のりみつ》は女の勢《いきお》いに押《お》され、次の言葉を詰《つ》まらせた。

心の中では、賤《いや》しい身分の女ごときが何を言うのかと憤《いきどお》りも感じていた。

「お怒《いか》りになってもよろしいですが、やはりお頼《たの》みは聞けません。この野で殺生《せっしょう》をおこなう者は、みな死にまする」

女はそう言うと腰《こし》をかがめた。

サクサク
すすきを刈《か》っているのだろう。

音が聞えた。

典光《のりみつ》は大股《おおまた》で音のする方向に急いだ。

「こんな寂《さび》しい野に女が一人で住んでいる訳《わけ》はない。必ず親や夫、兄弟《きょうだい》なりがいっしょにいるはずだ。

腕《うで》ずくでも、そこに案内させ、こちらの言うことを聞かせればよい」
典光《のりみつ》は身をかがめ、女がいるであろう場所に近づいた。
しかし、さっきまで音がしていたはずなのにそこには誰《だれ》もいない。
典光《のりみつ》が体を起こすと、
そこから二間（四メートルくらい）ほど離《はな》れた先に女は立っていた。
切れ長の目が怪《あや》しく光り、
赤い唇《くちびる》がギュッと結《むす》ばれていた。
すすきの穂《ほ》が揺《ゆ》れるたび、
この世のものならぬ炎《ほのお》となって、
女を包んでいるように見える。

典光《のりみつ》は、思わずその場にしゃがみ、女に詫《わ》びた。
「失礼仕《しつれいつかまつ》りました。お許《ゆる》しいただきたい。
明日、主《あるじ》の若殿《わかとの》がこの野で狩《か》りをしたいと申しております。
わたしは、どうしたらよろしいでしょう」
典光《のりみつ》が顔を上げると、間近に白い女の顔があった。
切れ長の目は怒《いか》りを含《ふく》んでいるが、
真っ黒い瞳《ひとみ》の奥《おく》には、憐《あわ》れみをたたえているようにも見えた。
「これを堀河《ほりかわ》の大殿《おおとの》に渡《わた》せばわかります」
女は典光《のりみつ》の膝《ひざ》に何かを放《ほう》り投《な》げた。
女性《じょせい》用の檜扇《ひおうぎ》だった。

五色の飾《かざ》り糸がついた美しいものだ。
典光《のりみつ》が檜扇《ひおうぎ》を手に戸惑《とまど》っていると、
野を揺《ゆ》るがす強い風が吹《ふ》いた。
典光《のりみつ》は風にあおられ、立ち上がる。
女の姿《すがた》は野のはずれにあった。
次の瞬間《しゅんかん》、大きな白銀《はくぎん》の狐《きつね》に変り、
夕闇《ゆうやみ》の中に消えた。
典光《のりみつ》がその後、どうしたのか。
古い物語はここで途切《とぎ》れている。

夏 9月

怪《かい》談《だん》 二百十日

朝から風の強い日だった。
「今日は二百十日だから、火の用心ですよ」
大正十二年のことだ。
その日、母は十一時過ぎには、
昼食の準備《じゅんび》を終えて竈《かまど》の火を消した。
それが後《のち》にわたしたち一家の幸運になるとは、
その時は思ってもみなかった。
わたしの家は、東京の下町にあり、
父と母、わたしと弟の四人家族だった。
炊《た》き立《た》てのご飯のいい匂《にお》いが鼻をくすぐる。

父が二階から仕事の支度《したく》をして下りてきた。
父は大工《だいく》で、今日はちょっと遠く
九段坂《くだんざか》の上にあるお屋敷《やしき》に普請《ふしん》の打ち合わせに行くそうだ。
先代からのおつき合いがあり、
山の手のお屋敷《やしき》の話は、
ときどき聞かせてもらっていた。
わたしと同じ年のお嬢《じょう》さんがいるそうだ。
「下町育ちのお前とは、くらべものにならないくらい
お淑《しと》やかな方だぞ」
父はそんなことを言って、わたしをからかった。

「お弁当《べんとう》、できてますよ」

母が父に弁当《べんとう》を手渡《てわた》したその時、

ずしん

足元が大きく揺《ゆ》れた。

がらがらと台所の棚《たな》から物が落ちる。

ギシギシ

家の柱がイヤな音を立てた。

父が素早《すばや》く引き戸を開けた。

母は弟をかばっている。

「止まったか」

次の瞬間《しゅんかん》、もっと大きな揺《ゆ》れが襲《おそ》ってきた。

家が軋《きし》む。立っていられない。

「だめだ。外に出ろ」

父の一声でわたしたちは這《は》うように外に出た。

地面が波打つように揺《ゆ》れている。

めまいが起こりそうだ。

ミシミシッという凄《すご》い音とともに、

家が押《お》し潰《つぶ》された。

弟は泣きながら、母にしがみついている。

少し揺《ゆ》れが弱くなった。

「水だ、水」

外の井戸《いど》から父が水を汲《く》んでいた。

「早くこれに」

どこから引《ひ》っ張《ぱ》り出したのだろう、
わたしは手渡《てわた》された水筒《すいとう》に水を入れた。

「これはいけない。早く逃《に》げるぞ」

「あなた、家財はどうするんですか」

母が叫《さけ》ぶような声で言った。

こうしているうちにも余震《よしん》が次々に起こり、
それにつれて、外の騒《さわ》ぎも大きくなっていた。

「大丈夫《だいじょうぶ》か」

「早く荷物を。荷車だ。荷車」

ご近所の聞《き》き覚《おぼ》えのある声が叫《さけ》んでいる。

「何も持つな」

父はそう言うと、仕事道具の中から

細引き縄《なわ》を出した。

母と弟、わたしに縄《なわ》を持たせる。

「いいか、逃《に》げるぞ。

しっかりこの縄《なわ》を持っていろ。

絶対《ぜったい》に手を離《はな》すな」

表通りは目を覆《おお》うような有様だった。
潰《つぶ》れた建物の前で泣き叫《さけ》ぶ人。
倒《たお》れた電柱に絡《から》みつく電線から
小さい火花が飛んでいる。
午前中よりも、もっと激《はげ》しい風が
吹《ふ》き荒《あ》れていた。
避難《ひなん》をはじめようとしている人たちが、
荷物を荷車に積《つ》み込《こ》んだり、
大きな風呂敷包《ふろしきづつ》みを背負《せお》っているのが見えた。
「どこへ行くの?」

「わからんが、ここは危《あぶ》ない。
火が出たらお終《しま》いだ。
渡《わた》れるうちに川向うに行くんだ」
川向う。家のすぐ近くには渡《わた》し場《ば》があるが、
いちばん近いのは吾妻橋《あづまばし》、次が両国橋。
荷造《にづく》りをしている人、すでに荷物を持って
ゆっくり道を歩く人の間を縫《ぬ》って、
父は追い立てられるような早足で、わたしたちを急《せ》かせた。
「政《まさ》さん。政《まさ》さん」
「おお。頭《かしら》」

老人が父を呼《よ》び止《と》めた。

近所に住んでいる鳶《とび》の頭《かしら》だった。

いつもいっしょのお婆《ばあ》さんの姿《すがた》が見えなかった。

父は足を止めずに答えた。

「頭《かしら》も早く逃《に》げましょう。女将《おかみ》さんは？」

「あれは、幸い昨日《きのう》から娘《むすめ》の嫁《とつ》ぎ先に行っている。

根岸だ。あそこなら無事じゃないか」

老人は縄《なわ》につかまりながら答えた。

「そら、よかった。じゃあ、根岸だ」

行先が決まった父の歩みはもっと早くなった。

わたしも弟もつまずきそうになりながら、必死に歩いた。

老人は鳶《とび》の頭《かしら》だけあって健脚《けんきゃく》だった。

「はいゴメンよ。通してくれ」

人ごみをかき分ける父と老人の声を頼《たよ》りに歩き続ける。

ごうっ
ふいに地震《じしん》とは違《ちが》う地鳴りのような音が聞えた。

「火事だ」

父がつぶやいた。歩みはますます早まった。

強い風は渦《うず》を巻《ま》き、行く手をはばむ。

風に乗って、物が燃える匂《にお》いが運ばれてくる。

胸《むね》がむかむかするような匂《にお》いだ。
細い縄《なわ》をつかむ手に力が入る。
「もうすぐ橋だ。がんばれ」
弟は父に抱《かか》えられていた。
こんなことになるなんて。
今日はお昼ご飯を食べてから、
仲良しのけいちゃんたちと、
百花園の萩《はぎ》の花のトンネルをくぐって、
お茶屋さんでお団子《だんご》を食べるはずだった。
疲《つか》れと足の痛《いた》みで頭がぼんやりした。

人ごみの喧騒《けんそう》と風の音の中、
ふいに耳元でささやく声が聞えた。

「ゆりちゃん」

振《ふ》り向《む》くと、
お気に入りの矢羽根模様《やばねもよう》の着物を着たけいちゃんが見えた。

長い袖《そで》がひらひらしている。

「被服廠《ひふくしょう》へ行こう」

被服廠《ひふくしょう》は軍服をつくる施設《しせつ》だ。

今は移転《いてん》して、跡地《あとち》は広い空《あ》き地《ち》になっていた。

「被服廠《ひふくしょう》へ行こう」

かん高い声でもう一度誘《さそ》われた。

「あそこなら、もう目の前だ」

父に声をかけよう。

そう思ったとき、背筋《せすじ》がぞくっとした。

ここまで必死に歩いてきた。

みんなは汗《あせ》まみれなのに、けいちゃんはどうして
きれいな着物のままなのか。

「おまえは被服廠《ひふくしょう》へ行くんだよ」

けいちゃんとは違《ちが》う地の底から響《ひび》くような声が聞えた。

同時にグイッと、

凄《すご》い力でわたしの結《むす》んだ髪《かみ》が引《ひ》っ張《ぱ》られた。

思わず悲鳴《ひめい》を上げると、

「どうした！　止まるな」

父の声が響《ひび》いた。

「橋はもうすぐだ」

「被服廠《ひふくしょう》へ行こうって」

「耳を貸《か》すな。歩け」

もう疲《つか》れた。歩きたくない。喉《のど》が痛《いた》い。

パンッ
いっしょに歩いていた頭《かしら》が、まるで何かを追い出すように、わたしの背中《せなか》を強くたたいた。

「ダメだ。前を向いて歩くんだ」

「でも」

「よく見てみな」

人の渦《うず》が誘《さそ》い込《こ》まれるように空き地に入っていく。

その上を人の顔をした鳥が、不気味に鳴きながら飛び回っていた。

「あれは人を死に誘《いざな》う化けものだ。南無三、南無三」

わたしたちの後《うし》ろで、あざ笑うように風が音を立てた。

あとがき

「怪談《かいだん》十二か月 夏」を手に取ってくださって、ありがとうございます。

作者の福井《ふくい》蓮《れん》です。

この「怪談《かいだん》十二か月」では、怪談《かいだん》に歳《さい》時記《じき》の要素《ようそ》を加《くわ》えて構成《こうせい》しています。

歳時記《さいじき》とは、四季の事物や年中行事をまとめた書物を意味します。

元は中国発祥《はっしょう》の書物でしたが、江戸時代に日本独自《どくじ》の「日本歳時記《さいじき》」もつくられ、多くの人々に親しまれてきました。

歳時記《さいじき》に取り上げられている言葉などは、主に俳句《はいく》や和歌を詠《よ》む人たちが、季節感を出すために使うものですが、不思議な話や怪談《かいだん》にも、季節に因《ちな》んだものが多くあるように思います。

みなさんも「夏といえば○○」という定番の言葉をいくつか思《おも》い浮《う》かべることができると思います。

その中には歳時記《さいじき》由来の言葉も少なくありません。

日本の四季のうつりゆく様子をみなさんの心に訴《うった》えかけることができれば幸いです。

福井《ふくい》蓮《れん》

著●福井 蓮（ふくい れん）

東京都出身。小学生の時、学校の七不思議のうち、４つを体験したことがある。

それ以来、心霊現象、怪談、オカルトなど不可思議な現象を探求し続ける。

特技：タロット占い。2012年深川てのひら怪談コンテスト　佳作受賞。

著書に「意味がわかるとゾッとする話　3分後の恐怖2期」「ほんとうにあった！　ミステリースポット」「いにしえの言葉に学ぶ　きみを変える古典の名言」（以上、汐文社）などがある。

挿絵・イラスト●下田 麻美（しもだ あさみ）
中央美術学園卒業後、フリーのイラストレーターとして活動。
最近では別名義シモダアサミとして漫画の執筆活動も行っている。
主な作品に『中学性日記』（双葉社）、『あしながおねえさん』（芳文社）などがある。

装丁イラスト●あかゐいと（あかいいと）
朱ひゐろ、緒方沁、紗嶋による和風特化イラストチーム。
個人でも活動している。

怪談十二か月 夏　夜闇《やみ》にゆらめく陽炎《かげろう》

2024年８月　初版第１刷発行

著　　者　福井 蓮
発 行 者　三谷 光
発 行 所　株式会社 汐文社
東京都千代田区富士見１-６-１
富士見ビル１階　〒102-0071
電話03-6862-5200　FAX03-6862-5202
https://www.choubunsha.com/
印　　刷　新星社西川印刷株式会社
製　　本　東京美術紙工協業組合

ISBN978-4-8113-3134-8　NDC387